# 純白

五井昌久詩集

著　　者（1916～1980）

# 世界平和の祈り

世界人類が平和でありますように
日本が平和でありますように
私達の天命が完うされますように
守護霊様ありがとうございます
守護神様ありがとうございます

昌久

目次

## I

II

## Ⅲ

## Ⅳ

## V



## VI

## Ⅶ

# I

# お誕生日の歌

——みんなのお誕生日に歌えるように——

先生もその時赤ちゃんだった
おじいさんも　おばあさんも赤ちゃんだった
お父さんもお母さんも赤ちゃんだった
僕も君たちも赤ちゃんだった
それを想うとたのしい気持
お誕生日おめでとう
みんなのいのちおめでとう
神さま　本当にありがとう

赤ちゃんは一体どこからきたの
神様の光のひびきから来たの
宇宙のいのちの奥から来たの
天地の調和の中から来たの
そうだ　そうなんだ　尊いことだ
お誕生日おめでとう
みんなのいのちおめでとう
神さま　本当にありがとう

# 少年の日に

〝手も足も凍《こご》えて痛ししかれどもゆかねばならぬ道つづきおり〟

少年の手も足ももう凍《こご》え切って
一寸物に触れても痛かった
だが少年はしっかりと荷車の梶棒を握って
氷雨《ひさめ》降るぬかる道を踏みしめて歩きつづけた
ゆかねばならぬ道がまだまだずうっとつづいているからだ
自分で働いて自分で学んで
そういう道が春夏秋冬かわりなくずうーと先きまでつづいている

降りつづく氷雨は少年の雨合羽を通して
腹のあたりまで浸みこんでしまっているのだが
少年の心は温かくふくらんでいる
その心には暗さもなければ冷さもない
何んだかつかみようはないのだけれど
未来の希望というものが
いつでも心に明るい灯をともして
雨も風も少年の心を黒くぬりつぶすことはできない
少年の胸には古来からの聖者賢者の生きてきた道が深く刻みこまれている
釈尊がキリストが西郷がリンカーンが
そして二宮金次郎までが
彼の道標となって行く手を照しつづけていてくれるのだ
少年の一足一足はそれらの聖賢の歩みをたどってしっかり大地を踏みしめて

ゆく
彼の心には氷雨が降っても消え去らぬ青空がある
七色の虹も青い鳥もみんな自分の一歩一歩にあることを彼の心は知っている
少年は神の存在を当然のこととして信じながらも甘え心は持たない
ただ自分の努力と真心がよき運命を神から与えられるのだと思っていた

氷雨がいつか雪に変り車のわだちが益々重くなる
少年は今は一心集中して全力を腕と脚にこめて車をひく
体中が雨と汗とでぐっしょりぬれて只々目的地に向う一歩一歩の歩みがある
未来も希望も一心集中した歩みの中にある
氷雨に凍えながらも明るく歩きつづけたその一歩一歩が
やがて彼の天命として開かれるのだが
その頃の一歩一歩が天と地をつなぐ大きな神のみ業《わざ》に役立つための大事な一

歩一歩であったことを彼は今静かに思いかえしているのだった

# たい焼

袋を破いてたい焼をつまむ
夏のさ中のたい焼なのに
不思議と冬の匂いがする
たい焼は庶民の味
一噛みすると少年の頃の私の笑顔が浮んでくる
その頃のたい焼は一個二銭
あなあはれ幼心《おさなごころ》の親しみの忘れがたなる一銭銅貨
と歌った若者の頃の夢がたい焼の餡《あん》の中には確かにきざみこまれている

たい焼　焼芋　豆大福
学習帳から手を離《はな》し
冷たくなった掌《て》や頬にそっとたい焼をつけてみた少年の頃の私は今はなく
大戦争を境にして
すっかり変貌した日本と同じように
私の世界もすっかり変わり
世界平和の真祈りに
すべてをかける私になっている
少年　青年　壮年と
時の流れに育《は》ぐくまれた人生が
たとえどのようなものであろうとも
人々は生ある限りは生きねばならぬ
人のいのちは神からきたもの

そうした真理を心と体ではっきりと
知りきるまでは人生から苦悩は消えぬ
消えぬ苦悩をいちはやく消さねばならぬ天命を行じつづけて生きている私

人がもてきたたい焼に日本の歴史をふりかえりながら
私は薄甘い餡の味をかみしめ世界平和の祈りを祈りつづける

# 紫陽花《あじさい》

毎年梅雨時《つゆどき》になって咲く
庭の紫陽花をみていると
不思議と若い頃の私の想い出につながってゆく

私が苦学をしていた十代の頃
庭隅に紫陽花の一杯咲いていていた邸宅に
音楽学校に通っていたお嬢さんがいた
苦学生の私は錦沙や御召の反物を
奥様に見て貰いながら

お嬢さんの弾くモーツアルトに
心を奪われていた
その瞬間の私の心からパンのことも月謝のこともすっかり消え果て
次元の異なった世界に融《と》けこんでいた
その世界は若者のロマンチックな夢の世界でもあった
そうした若者の夢も時の流れに流され
私は豊かな人生経験を経て
五十を幾つか過ぎていた
そうした人生経験の中で
紫陽花の花は何度びも私の前で咲いた

今年も亦私の庭に紫陽花が咲いている
薄紫を基調にして変化に富んだ色彩をもつ紫陽花の花は

乙女の花ではあり得ないのだが
今でもピアノを弾いていた乙女の姿が
紫陽花の花と一つになって私の心に浮んでくる

# 手相

手相見に手相みせつつ我が望み
　はかなきことと思はれてきつ
十九の頃に歌った歌を
今想い出して破顔する五十路《いそじ》に近い私
その頃の手相とすっかり変った右手左手
十九の昔に画かれていなかった運命が
今の私の手相の中に
はっきり刻みつけられているのを
風呂につかりながらしみじみとみる

手相は確かに過去世からの歩みの跡
細胞分子が刻々と新陳代謝してゆくように
新しい歩みの筋を印を
過去世の波動《ひびき》に加えてゆく
手相は自分の想いで刻むもの
過去世の悪癖さらりと捨てて
日々神のみ心の中で生活すると
嫌な印はすっかり消えて
生命輝やかな筋や印が現われる

私の手相は私のもの
あなたの手相はあなたのもの

私の手相は私が刻み
あなたの手相はあなたが刻む
手相の中にあなたの未来があるのではない
あなたの未来はあなたの心のひびきの現われ
手相を超えすべての運命学を超えたところから
あなたの神命がすっきりと現われる
私はすべての運命学を超えて
右の手に7の印ある者となった

# 故郷

山鳩の声に迎えられて故郷の村につくと
私の眼の前に親しい石段がみえてきた
幼い時から何度びとなく昇り降りした石段
あの頃からそう新しい石段ではなかったが
今も同じように古い石段が空の方につづいている
あれからもう三十余年の歳月が流れて
石段の下の方の道は舗装され
家並みもまるっきり変ってしまったが
この石段の姿は昔と少しも変らない

石段にそって山から流れているせせらぎに
小さな魚が泳いでいるのも昔のまま
石段を昇るにつれて杉の大木《おおき》が私の前に現われてくる
天にそそる杉の大木は
かつて無言のうちに私に天への道を教えてくれた懐かしい大木
石段を昇りきったところの寺院は
七百余年の伝統を持つ名刹
その庭は私の勉強の場所であり精神修業の場でもあった
その庭で読書しその庭で冥想にふけった少年の頃が
杉の林を背景にしてはっきりと浮んでくる
越後は父の故郷そして私の魂の育ぐくまれたところ
神と私とをしっかり交流させてくれたところ
私は今この故郷の一角に世界平和の祈りの

石碑を建立《こんりゅう》しようときたのだが
宗教者となって私がこうしてこの地にくることを
この故郷の庭も草木も私の少年の頃から知っていたのに違いない
故郷は遠くて近くにあるという
私の故郷は越後と東京とを一つにして
今大神の懐にあるのだ

# 菊の季節になると

——み霊《たま》まつりの日に——

菊の花が咲きはじめる頃になると
私は母を想い出す
母の名はきく
菊の蕾がふくらみはじめる頃昇天した

聖ヶ丘から持ってきて植えた
黄菊白菊が私の狭庭の秋を色どる今朝も
花壇に水をやりながら
妻がなつかしそうに母の話をする

若い時からの身心の労苦と子沢山で
腰は七重にも八重にも曲っていたが
最後まで気丈に働いていた浅草生れの老婆は
今は神霊の光になって私の働きの中にいる
先日の聖ヶ丘みたままつりには
守護の神霊方に加わって白光に輝きながら
諸霊魂の浄めをしていた

強く美しい日本の国花菊の花
その象徴のきくという名の母への
親しさなつかしさが神霊の世界のこととは別に
六十路《むそじ》に近い私の心にきざみこまれているのである

# 銀婚式

妻と並んでかしこまって
素直に銀婚式を祝って貰っていると
改めてこの世の年輪の中の
様々な事柄が想い出される
狂人と常人との境すれすれの
職業も地位も金も物も
何一つとしてもっていない全く素裸の私の下に
よくもまあ嫁いできてくれたものと
今更のように妻への感謝の想いが湧いてくる

常に外に向って働くだけで
妻のことなど何一つとしてしてやらなかった
夫というは名ばかりの私であったが
何一つ文句も要求も出さず
二十五年の歳月を経てきたこの妻の目立たぬ存在が
娘を育て会をここまで育ててきた大きな力になっていたことを
わたしの神様はにこにこしながら改ったようにいわれるのであった

# その人

山に籠りて山に居らず
市井《せい》にありて市井に居らず
光に住して光に居らず
或る時は静　或る時は動
凡夫と談笑して凡夫を浄め
為政者と共にありては国を浄む
心は常に神の中心にありて光明を十方に放ち
喜怒哀楽あるごとく見えてその波無く
瞬時も休まず諸民の業《カルマ》を浄む

その人肉の身を持てど
天地を貫いて生き
久遠生命の完き輝きを
この地にひびかせむと働く

# II

# 寒 椿

元朝の庭のそちこち
けざやかな紅《くれない》のいろ我が眼に沁むる
咲けるよく蕾もよく
寒椿新年《あらとし》の庭をいろどる

珍らしく澄みたる空の
輝ける青のいろ池面《いけも》にうつり
筧の音時折ひゞき
和の気充つる昱修の庵

世界《よ》の波の汚濁を浄め
救世の神のみ心この世にうつす
我が役目果さむ日々の
此の年《とし》の第一歩
花々の美に融けてはじまる

# 寒椿の花

人の世の憂さ苦しさを我に託して
人々が帰えり去った後の
凍みつくような厳冬の庭に
そこだけがぱっと華やぎ
寒椿の紅《くれない》の花三つ四つ五つ
くれなずまんとする自然の
ひとときの美しさを一つに集めて
我の心に話しかくる

花は美の天使
人は神の分生命《わけいのち》
花はそのまま自己の使命を生かし
人は神の生命を穢《けが》して久し
花のいのちに恥じず生くる人幾許《いくばく》
天の光と地の慈愛に育《はぐ》くみそだちいて
この世に何らの徳も残さず魂《たま》磨きすらおろそかに
去りゆく人の多きこと
嘆《なげ》き給うは神のみならず
万物ひとえに嘆くなり

大自然の心花にうつり
花の心我に訴うる

我は花の心に融け合いて
人類の業《カルマ》消滅の祈りを捧ぐる

世界人類が平和でありますように
すべての天命が完うされますように

この時大光明聖ヶ丘をつつみ
寒風膚に快《こころ》よし
寒椿の妖精微笑して立つ

# 純白

暁《あかつき》の祈りを終えてふと庭をみる
いつ降り出したか庭は純白雪化粧
天の花地に舞い踊り四囲《あたり》を照す
世界に動乱のきざしがあろうとも
人類の欲望が渦巻き狂おうとも
雪は純白の膚で地上を包む
純白は天の奥深い心
人間の本心のひゞき
純白が輝きわたると白光となり

さまざまな光の源となる

雪が降る　雪が降る
その純白の羽衣は木々を飾り
人の心から天地の境を忘れさせようとする
人は雪の純白を好む
けがれなきその色に融けて人の心は自らの故郷に帰える
音もなく静かにひそやかに雪が降る
降り積もってゆく雪の姿は
天地の光明のように
やがて訪れる地上天国の前ぶれのように
あらゆる汚れを清めさる……

# 春の季節に

毎朝のように庭に来て鳴く鶯
鶯は春の使者
春は人間の幸せの象徴《シンボル》のように
庭に野山に花を咲かせ小鳥を唄わせる
温かい季節は穏やかに自然の心
人類の希《のぞ》み願う平和な世界は
人間一人一人の温和な心から生れる

私は春の庭に佇《た》っていると

全く自然と一つになってしまう
花の匂いに融けこみ
小鳥の歌に同化している時の人間の心が
そのまま神の分生命《わけいのち》の姿ではないのか
そよ風が私の頬を吹き過ぎながら
そんなふうに語りかける
柔かい陽差しに向って私には何んの不平も不足もない
だが私の心のある一隅に
この世の中のあらゆる不幸や不調和の
消えてゆく姿の影がとどこおっている
一日も早く世界中が幸せになりますように
春の季節にとけこみながら
それでいてその心の一隅だけ

妙に暗くかげっているのだが
私は青空に心を通わせながら
世界人類の平和を祈りつづける
祈りだけがすべての闇を消し去ってくれるからだ
世界平和の祈りだけが……
世界平和の祈りは大光明世界のひびき
地球世界の業想念の
どんな不幸も不調和も
一瞬にして消え去ってゆく祈り
その祈りの真柱となって
私の祈りはいつまでもいつまでもつづくのだ

# 春

花を散らして吹き去ってゆく時
風は全く済まなそうに
砂塵の中に体を丸め
川の波となって消えていった
花は散りながら
私はこれでよいのです
この姿も私の美の一つなのですと
優しい笑みを浮べて地上を舞ってゆく
四月の午後の川辺のこうした自然の風光の中で

私は世界平和の祈りの歌を口ずさむ

○

祈り心の浸み徹った
聖ヶ丘の庭土の
何んと云う輝きだろう
今朝もぽっかりと
チューリップの芽を生み出して
春のいろを人々に満喫させる
土のいのちのこの美しさよ

# 白木蓮《もくれん》の蕾

玄関わきに植えられて
今年の春を明るく輝やかせてくれた白木蓮の花
その花片はもはや数ヶ月前に散り去り
青葉の陰にはもう来春の蕾がちらほら顔をみせている
一つ二つ三つ四つ五つ
今年は四十余も咲いたという
その清らかな花片をうちに秘めて
蕾は今は堅くその口を閉じている
今は八月これから八月《やつき》余の間

真夏の強烈な陽光《ひかり》に耐え
厳冬の風雪にも耐えて
自らのいのちを花開こうという白木蓮

五日と保《たも》たぬその花のいのちなれど
その一花一花のいのち短かけれど
長き日月かけて育《は》ぐくまれゆく蕾　蕾
その美の源に私の心は日々誘われ
蕾の中に来春の花の豊かさを夢と画いている
木蓮よ　木蓮よ　私の庭の白木蓮よ
蕾の中におまえのいのちの花はすでに開き
今朝も私の心にその快い香りがかなしく沁みとおってくるのである

# 百日紅《さるすべり》が咲くとき

百日紅が咲き夾竹桃が咲くと
原爆の日を想い出す
広島の人はみなこういって泣くと妻はいう
妻は被爆の中心地の人
知人や教え子たちの多くをその日に失った哀《かな》しみに眼をうるます
生き死にはすべて神のみ手にあることを知ってはいても
死んでいった人を哀《あわ》れみ生き残った自己に大きな責務を感ずる
一億否三十億否々あの世に送った人々の生命の重圧さえも
私は心の奥底から感じてくる

世界人類が平和でありますように……
永遠の平和をこの地に来らせ給え
私たちはこう祈らずにはいられない強い神のみ心を感ずる
ベトナムだけではない
イスラエルとアラブだけではない
地球上のあらゆる個所から動乱の匂いがする
私たちの祈りは世界平和の祈り
核爆発の被害を再びこの世界にもたらさぬように
大戦の惨禍を未然に防ぎ得るように
そして神のみ心の大調和世界をこの世に現わし得るように

祈り心で我が家の庭をみる
広島を想って植えた百日紅が

そして知人から貰った夾竹桃が
いずれも十数年目の美しい花を咲かせて
世界平和の祈りをしているのである

# その日の為に

秋風に乗って
人生の悲哀が身に沁みると云う
そう云う心の状態をもう通り超えた人々にも
秋風はしみじみとした郷愁を通わせる
私たちの故郷は神のみ心の中
愛と調和の穏やかな光の中
自らのいのちをいとほしみ
人々のいのちの輝きに心をほころばせる
私たちの生活《たつき》は光明一筋の平和の道

まなかいにくりひろげられている
地球世界の闇黒絵巻も
私たちにとっては
過去世の波の消えてゆく姿
もう真っすぐに天地を貫いている
光の太柱の中で
私たちの心は平和の祈り一念に
大天使群の光のコーラスに守られて
やがてくる冬の寒さに耐える力を養いつづけている

教会の鐘が聞えてくる
経文のひびきがどこかでする
やがては一つのひびきに融け合って

みんなで世界平和の大合唱を
心一杯に歌える日がやってくる
私たちの祈り言は
その日のための祈り言
世界人類が平和でありますように
世界人類が平和でありますように

秋空に輝きながら大きな鳥が一羽飛んでいる

# 十一月の自然

秋から冬に入ろうというこの空の
何んという広々とした姿であろう
大自然の営《いとな》みの清々《すがすが》しい眺めは
収穫《かく》後の稲田の安らぎにもあるし
人々の心を充分にうるおした柿の木や栗の木の
今年の役目を果し終えた落つきの中にもある
果実も緑葉も北風の冷やかな手振りにつれて
次第に色あせてはいったが
そうした淋しさにつれて人間の心の底から冬に備える逞しい力が湧いてくる

十一月は私の生れた月
大きな宇宙の一環の
地球世界の大使命を
立派に果させる役目を荷って
私はこの世に生れ出た
十一月
大自然の深い心がしみじみと心に沁みてくる月だ
浮わついた想念《おもい》がすっきりと消え去って
しっかりと両足が大地に据えられる月だ
やがて訪れる新しい世界の為の
はっきりとした心構えを
この月のうちに自分のものとして

冷厳な冬の姿に対峙《じ》するのだ

世界は全く改まる
転倒夢想《てんどうむそう》している人類の想念が
一瞬にして正常に戻る
そうした春がやがて来る
だがしかし私たちは
その前に凍りついた冬の季節を通らねばならぬ
十一月
この月こそ私たちの不動心をじっくり顧み
大自然の心の中にすべてを融けこませてゆくのに
最も適した月であるのだ
ああ十一月の自然はいいなあ

# 秋から冬に

松風のさやぎから
狭《さ》庭の芝生から
秋色が部屋中に沁み透ってくると
人の世のものがなしさが
ベトナムやインドパキスタンの戦争に結びついてにじみ出てくる
秋の季節は人の心を浄める力をもっているのか
人々は何とはなく心を内側にむけ
人生のことをそれとなく考えるようになる

すべての俗事から超越して
神のみ心だけを求め歩いた若い頃の私には
春夏秋冬いつの季節も光に充ち
神生があるだけで人生というものはなかった
人の世の不幸も災難も
只影絵のように私の前を通りすぎ行きすぎるだけだった
だが然し今の私はそうではない
私は今人生の悲哀の渦の中で
人の苦しみを苦しみ人類の不幸を我が事と歎き
その悲哀をすっかり消滅させる天命を果たそうとしている
社会の不幸や災難が
国家と国家の争いが
今の私には単なる影絵ではない

宇宙法則の流れをすみやかになさしめるために
地球世界の業想念波を浄めさらねばならぬ私の天命が今は定かになっている
からだ

秋から冬にかかるこの季節は
魂にとって大事な季節
魂が生々と目醒める季節だ
地球人類が自《みずか》ら神性を開発する
光の道に行きつくために
秋風は清涼なる気の流れをつくり
厳冬の寒気は生命を生々と息づかせる
地球は宇宙の一つの星
自分だけの幸を求めて真実の幸がくるわけではなく

自国の権威を示すことが自国の幸でもない
すべては一つのいのちの流れ
どんな小さな光でもいのちの光を消してはいけない
人と人とが殺し合うそんな馬鹿気たことが平然と
国家という名に於て行われる
そういう地球の誤りを
私はしっかと正しに正し
天の理想を地の現実に
平和世界をつくりあげてゆくのだ

# 裸《はだか》木《ぎ》

私は厳寒に立つ裸木の枝々に
いい知れぬ美を感ずる
底深く秘められたいのちの美を感ずる
自然の心がそのまゝ枝々にむき出しに現われている裸木
花も葉ももう過去の自然に融けて
今はいのちそのまゝ立っている裸木
もうこの辺で虚色や権力欲の愚かさを捨て切って
人間も一度はこの裸木のように
自然そのまゝのいのちの姿になりきってみるといい

新しく咲く花は
きっとより美しい花に違いない
自然とぴったり一つになった人間像を
一日も早く見たいものだ

# III

# 花嫁

今までに何人の花嫁姿を見ただろう
そしてそのたびに心から新家庭の祝福を祈ってきた私
だが今日の花嫁は私の娘
深く愛し育《は》ぐくんできた私の娘
角かくしに打掛け姿
万感の想いをこめて私たちをみつめるその瞳
私は夢の中のことのように
今日までの深い縁《えにし》をかみしめる

花嫁という言葉はロマンチックそのもの
女性の夢がそこから開ける
社会の道が光り輝いて見える
私の娘の花嫁の心にもそうしたロマンが開いているのだろうか
打掛け姿が一変するとピンクのイブニングドレスの娘の姿がそこにあった
花嫁の美しさに眼をみはりながら
じっとみつめる私の瞳の中から
神々の光りが輝き出していた
花嫁の姿がその輝きの中で天使の姿になって私に微笑《ほほえ》みかけていた

# 赤ちゃん

赤ちゃんが一人いると
部屋の中が全く明るくなる
赤ちゃんのいのちは純白で
全身が生々《いきいき》と神様を現わしている
一家中の心が赤ちゃんに集中して
赤ちゃんを王様に仕立あげる
天使で王様の
赤ちゃん天下の一家がそこに生れる

宇宙の中の地球という星の世界の人類の
仲間入りした小さないのち
この赤ちゃんのいのちの未来は
父となり母となった若者たちの未来と
ずーとつゞいて
神様の永遠の世界につないでゆく
紫雲の世界も大光明の世界も
赤ちゃんのいのちの奥にある
そして未来の大平和世界は神様のみ心の中にある

# 梅

毎朝かならず一つづつ喰べるといいと人にいわれ
ここ二十数年間いたゞきとうしている朝の梅干
これはここのお庭でとれたのですと今朝も一つ梅干をいたゞいた
すっぱくって仕方のなかった梅干が
今ではそのすっぱさがおいしさにかわっている
今朝たべたのは去年とれた昱修庵の梅干
昨日は庭師のTさんが
今年は枝垂梅《しだれうめ》にも珍らしく実が成りましたという
顔を近づけてよく見ると

可愛いらしい青い実が意外と沢山ついている

紅梅白梅枝垂梅
毎年の厳寒に耐えて
早春をいちはやく私たちを楽しませてくれる梅の花々
そして今はその実が朝々の食卓にのぼる

梅よ梅よ
私はあなたの花を愛《め》で
あなたの実を噛みしめる
そして祝福の光をあなたに投げかける
人間である私と
植物であるあなたと

大自然の流れのなかで
全き調和のひびきを奏でつづけて生きているのである

# 文鳥

チーチャンが死にそうで　と
妻が掌に文鳥を乗せて私のそばにきた
文鳥のチーチャンは眼を閉じてぐったりと妻の掌に横たわる
親戚からもらって八年余り
命寿がつきてももう仕方のないチーチャンだが
一日も長く生かしたいのが私たちの願い
真白な羽毛に赤いくちばし
息も絶えたかと思えるようなその小さな体に
私は祈りの掌を当てる

再び可愛いい口をあけて
チイチイ　チイチイと私たちとの愛の交流をする朝を
私たちは祈りつゞける
祈りつゞける十数分
やがて文鳥は動き出し
餌をくちばしでつゝき出す
どうやら今晩のいのちは持ったわね　と
ほっと吐息をついて妻は私の眸を覗きこむ

だが然しチーチャンは明くる朝
妻の懐の中で昇天した
妻の心に可愛いゝ鳴き声と愛情のきづなを残して
チーチャンの骸は今

# 私の掌の中で睡っている

# 蟇《がま》

雨のあがった夕の庭に
蟇がいる　蟇がいる　蟇がいる
大地に根が生《は》えたように
その土色の体をぴったりと大地につけて動かないあの蟇この蟇そこの蟇
天が下生きのいのちの愛《かな》しみの小蛙一つ庭石を飛ぶ
と和歌に詠んだ小蛙とは違って
その体つきは醜怪で不器用じみているが
どこかに愛嬌があるその構え
やはり私に伝わってくるいのちの愛《かな》しみ

こちょこちょ動き廻る人間を嗤うのか
それ共森羅万象のひゞきをきいているのだろうか
どの蟇もじっと動じない
動かない　動かない
夕闇の中で次第に大地に融けてゆくのに
まだまだ動かない
蟇　蟇　蟇　自然児蟇

# 買物犬

自動車　自転車　オートバイ
行き交い繁き街中を
犬が一匹歩いてくる
買物篭をしっかとくわえ
ゴー　ストップも知りきったように
人々の歩みに歩調を合わせる
肉屋と八百屋と魚屋と
買物犬は次々廻り
夕べの仕度をととのえる

毎日のように会っているこの犬の
小さな子供の買物のようなその姿が
愛らしくいじらしく私の心をうってくる
私が飼主であったなら
交通危険なこの街の買物などはさせぬのにと想うのは愛情過多
犬は主人に役立って嬉々と走り
主人は利口な犬を誇りにする
その買物犬に今日も出会い
私は何んとなく涙ぐむ
無心に働くその犬のけなげな姿に涙ぐむ

# カラヤン

指揮者は何一つ楽器をもっていない
だが彼の体からバイオリンがひびき出す
バスの音がするフリュートがドラムが鳴りわたる
彼の体から素晴しいシンフォニーがひびきわたる
カラヤンのタクトの先きから指の動きからベートーベンの音楽が生れ出る
カラヤンの体は音楽そのものとなって
ベートーベンの心をひびかせる
カラヤンは今天と地を結んで
光のひびきを会場一杯に輝かせ

聴衆の魂を美の世界に統一させつづけているのだ

# 灯《ともしび》

繁華な街の灯《ひ》の色は
何んとはなくにもの哀しい
それがネオンの華やかな色であればなおさらに
人生の生活《たつき》の悲哀が篭っている
うつり変わり消え去りゆく
生命の影のひとときの夢のように
街の灯《ひ》はうら哀しい
だが然し
住宅街の灯《ひ》の色は

人の心を憩わせる柔らかなひゞきを
そこはかとなく漂わせる
神の恩寵がそこにはっきりと現われているように

灯《ともしび》の色がもっている街の心人の心
そうした情愛の巷のひびきを
大きな神のみ心は大光明となって
豊かにすっぽりとつつんでいるのである

# 文字を書く

私は今日も文字を書く
一という字を書く
筆はたっぷり墨をふくむ
一という字は後にも先にもごまかしようのない字だ
紙の上に筆を下《おろ》した時に一の姿が定まる
私は無心に筆を下《おろ》す
一瞬にして一の字は紙の上に現われる
一の中に天地が消える
私もあなたも融《と》けこんでしまう

一という字が大宇宙そのままに
そこに現われている

一という字は私が書きながら
私の書いたものではない
太初《はじめ》からあって永遠に在る
すべてのすべてであって
まだすべてが現われぬ姿
最大であって最少のもの
一の文字の中に書いた私は消え
そして又現われる
一の中に無限のひびきがかくされ
私たちもその中で生きている

# 私は今日も一という字を書く

# 日本の心

## 生花

天の光が地に咲いて花園となり
花園が日本の心を宿して
美しい夢を部屋中にまきちらす

## 舞踊

日本の着物が
こんなにも美しくみえるのは
踊っている人のためなのか

舞踊のもっている伝統なのか
何んにしても日本の心の美しさが
舞台一杯に溢ふれている

## 琴

琴のひびきの中には天女が住んでいる
日本の古代の秘めごとが心にうつる
私の心がなつかしくなってくる

## 茶　道

茶道にはそのままの心がある
大空の奥の奥の姿が
小さな茶室の中にお点前となって現われる

# IV

# そういう人を

その人は
峻烈膚を刺す寒風に父の慈悲を感じ
春暖に匂う花の香に母の愛を偲び
大自然の真美に打たれる心を持つ
彼は朝日を敬し夕陽を拝《おろ》がみ
師を崇び友を信ずる
彼の思想は天にあり彼の歩みは大地を踏まえ
海山に通う広い心を持ち
自《みずか》らの祖国日本を愛し

この国の地球進化の為に役立つことのみを祈る
その心には他を傷つけ損う想いいささかもなく
迷いの想いに把われることもない
彼の心は明朗に真理を行じて勇気凛《りん》然
只大調和世界創設の働きに生くる

そういう人を私は欲っする

# 私たちの道

自分の生命の危険を顧みず
人の為に尽している人をみると
私の目頭は熱くなる
他《はた》からみれば大きな犠牲の行為なのに
その当人は当然のことのように
素直に自然に行為している
その人の心には誇りもなければてらいもない
自然法爾《じねんほうに》に自己犠牲の愛の精神に生きる
そういう人を私は限りなく尊敬する

真心のない説法より
誠実真行の行為は人の心をゆり動かす
神のみ言葉をそのまま伝え
神の行為をそのまま行える
そういう人をキリストという
偽善も偽悪もあらゆるカルマも
すべて消えてゆく姿
ただあるのは光明一元の神のみ心
イエスの開いた道を
老子や釈尊の空即是色の道を
私たちは世界平和の祈りを光の柱として
素直に明るく生きつづけてゆく

私たちの道は大調和の道
人と人との争いを
国と国との争いを
主義と主義とのいざこざを
神の大光明で消しさって頂く光十字の道
神と人との交流を援ける道
世界人類が平和でありますように
この一言の祈りの中に神と私たちの温かい愛の交流がある
神の慈愛がこの道に生きているのだ

# こんな人こそ

人の幸福《しあわせ》を自分のことのように喜び
人の悲しみを自分の悲しみのように悲しむ
それでいてその喜びに把われる想いをもたず
その悲しみに沈みこむ愚かさもない
自分のしたどんな善いことにも
他人のしたどんな悪いことにも
いつまでも想いがとどまらずに
何んでも可でも神様が善いようにして下さると信んじきっている
それでいながら

善い事柄ならどんな小さなことでもおろそかにせず
少しの悪い行為をも即座に消し去ろうと努める
心はいつでも青空のように澄んでいて
体中から温かいほほえみが一杯溢ふれている
その心にはいささかの誇る想いもなければ人をさげすむ想いも無い
ただ心の奥底から湧きあがってくる世界平和の祈りの中で
生命《いのち》生き生きと生きている
そんな人々が世界中から沢山育《は》ぐくまれてくることを
私は
平和の祈りをしつづけながら願っている

# こんな風《ふう》に生きよう

自己をかばうために
他人の能力をけなしつけ
自分の手柄を誇るために
他人の悪を責め立てる
そんなちっぽけな人間に
君たちはなってはいけない
人にはそれぐ〵欠点もあるが
その人なりの長所が必ずあるもの
自分の失敗も消えてゆく姿

他人の嫌な行為も消えてゆく姿
欠点はすべて消えてゆく姿とみて
人間神の子の本体をつかみ出そう
人がほめられる度びに
自分の心が喜こんでいられるような
そんな広い心の人間になろう
いつも他人の幸福を祈り
世界人類の平和を祈りつゞける
光り輝いたそんな人間で生きつづけよう

# 青年の為に

ただ黙っているだけで
その人の周囲は明るくなり
話出せば真理が心に沁みてきて
生命《いのち》が生きく〳〵としてくる
その人の云うことは
すべて心からにじみ出てくる感じで
一言一言にうなづかずにはいられぬ真実がある
その人の行為は自然で純粋で
把われがなく要を得ている

人の為にしていることも自分の為にしていることも
同じように真剣で忠実であり
人の為だの自分の為だのという区別がない
したがって誇る想いもなければ卑下する想いもない
生かされるがままに生き
生かされている生命《いのち》を大事につかい
人間はすべて兄弟姉妹であるということを身をもって示している
そういう人にあこがれをもつような
青年に一人でも多くしてゆきたいものである

# 平凡に徹しよう

青年は天才に心をひかれ
非凡なるものに憧れる
時には自己を非凡なものにみせかけようとさえする
だが青年達よ
天才は一朝にして生れるものでもなく
非凡な行為は瞬時にしてできるものでもない
天才に心ひかるるもよい
非凡に憧るるもよい
だがしかし青年達よ

人間は一度あらゆる虚色を捨て
平凡に徹しなければいけない
あらゆるものを神のみ心として受け入れる
平凡さに徹した時
そこから天才が生れ
非凡があらわれる
そういう事実を私は身をもって体験している
私の非凡はそこから生れたからだ
天才を鼻にかけ
非凡をひけらかしながら生きている愚かさを
平凡に徹した私はよく知っている
天才や非凡に想いが把われた時
その人達の運命はくずれ

平凡に徹した時
非凡なる光は永遠にうちから発しつづけられるのだ

# 理想と現実

若者たちよ
理想を高くかかげるのはよい
天の理想を追うのもよい
だが然《しか》し
大地から足を踏みはづしてはいけない
天は父　大地は生みの母
人間はその中間にあって父の理想を母の慈《いつく》しみの中で育てるもの
母なる大地から浮き上がって
何んで父の理想を達成することができよう

人間の智慧や力は
天地を縦に貫いた大光明の中で生きてくる
如何に高い理想をかかげようと
大地の恩恵なくしてはそれは虚《むな》しく消えさるもの
大地にしっかと足を踏みしめ
頭はあく迄高い理想の中にかかげよう
そして愛と真と美と勇気という
そうした善徳を身心に備えるため
我々は神我一体の平和の祈りを唱えつゞけるのだ

# 祈りある青年たちよ

青年よ
君たちの心は曙の空のいろ
明るく強く燃えあがろうとする人生のいろ
青年よ
純真な明るさと知性を秘めた微笑は
君たちの宝
底に不撓の勇気をもち
前進して止まない君たちのいのちは
打算的な妥協は欲っしないが

人と和することを忘れない
だが時折り人生の矛盾に突き当る
汚れよどんだ大人の世界の中で
どちらが正でどちらが邪であるかを見極める困難な事態に立ち至る
そうだ　その時なのだ
日頃の祈りが役立つのは
真剣に切実に祈りつづけるのは
—世界人類の平和の為に我が天命を完うせしめ給え—
君たちはこう祈りつゞける
祈りの中で君たちの惑いは必ずぬぐわれてくる
祈りの中から自《おの》ずと君たちの正しい道が示されてくるからだ
その時神は君と一体になって人類の為に君たちを使って下さるのだ
既成のものごとすべてを打ちこわすことによって革命が成ると思っている

業《カルマ》に蔽われた哀れな青年たちの為にも祈ろう
彼らの天命が完うされますように……
そして彼らの運命を神に任《ゆだ》ねよう
彼らは闇の中に光明があると思い違えているのだから
君たちの光明でその闇を消し去ってあげるとよいのだ
その為に今日も祈ろう
明日も又祈ろう

# 君たちは祈りの使者

真理に生きる青年よ
君たちは
新しい年には新しい力を湧き上がらせなければいけない
去年も今年も全く同じような
その日ぐらしの人間になってはいけない
人間は神の分生命《わけいのち》
地球は神の働きの場
こういう真理をはっきり認め
人間が生きてゆく目的を改めて見直すのだ

日本は地球の希望の国
君たちは日本の輝く星だ
人類に平和をもたらす祈りの使者だ
祈りこそ神のみ力をこの人類に導き出すもの
人類の生命を浄めさるもの
祈りなくして神との交流はなく
人類の平和も来ることはない
君たちは世界平和の祈りの道を
多くの人々に知らせつづけ
神々の働き易い地球の場をつくり出してゆくのだ
真理に生きる青年よ
君たちに神の期待は大きい

# あなた方は光明の使徒

他人を嘲笑《あざわら》うことによって自分を有能な人間にみせようとし
他集団を陥れることによって自集団の勢力が拡大されると思う
そういう愚かな個人や集団が近頃とみに多くなって
世の中がますく暗い汚いものになってきた
こういう時にあなた方のような神のみ心の中に住んでいる祈りの使徒の働きが
いよく必要になってくる
神の光明に輝やくあなた方の
一微《び》一笑一歩一歩がどんなにこの世界を明るくすることか

世界平和の祈りの行進がいかに神々の働きをこの世に導きいれているか
私はようく知っている
政治経済にゆがみ乱れている世界の波を
調和ある光の波に変えていく
神と人間の波長を合せた大きな働きが
やがてこの世に稔っていくだろう
光に生きるあなた方も固くそれを信じて
今日も明日も世界平和の行進をつづけてゆこう

# 眉をひそめてはいけない

――平和の祈りの新しい同志に――

光明思想のあなたが
眉をひそめていてはいけない
眉をひそめて地球に暗い影を投げかけてはいけない
眉はいつでも明るく開いて
天の光を受けつゞけているもの
ひそめた眉からは暗い影しか生れてこない
眉目を正しく開き息を丹田にひそめておくと
自《おの》ずと本心が明らかになってくる
あなたも今は祈りの使徒

世界平和の祈りの中で
天の理想がやがて生々と現実のあなたの生活に輝いてくるだろう
その日がほれ　もうそこに近づいているのだ

# V

# 日本の天命

世界中が必死に自国を守ろうとしているときに
何んと呑気な日本人
祖国の生きる道を真剣に考え
人類の平和に祖国を役立たせようとしているのは少数の人々
祖先からずっとひきつづいてこの国土に生かされながら
祖国を愛することをすっかり忘れきっている日本人
日本を異邦人の思想にぬりつぶして
それで世界を平和にしようなどという
世にも愚かしいことを思ってみても

それは闇夜の中の出来事
世界の光明化をはばもうとする行為にすぎない
日本には日本の天命があり日本の心がある
その心は神に帰一する素直な明るい心

神のみ心がなくては人類がここに存在しないと同じように
日本がなくては日本人は存在しない
日本は単なる島国ではない
神の大調和のみ心をこの世に実現する中心の場だ
異邦人の思想に動かされて日本を見失ってはならない
日本を真実の日本たらしめてこそ自己も救われ人類の平和も実現する
私たち世界平和の祈りはその先きがけの夜明けの祈り
地球世界を守る為に

日本の存在がどんなに大事なものか
はっきり判る時が次第に近づいているのだ
（注……異邦人とはキリストのいう神にそむく人々の意）

# 神の子の歩み

この世は乱れきっているという
この世は汚れに充ちているという
その地獄絵を革命を叫ぶ学生たちが
まざ〳〵とみせつけてくれた
地球界の光明はもう薄れ果てゝしまったのか
そんな疑問を多くの人々がもっている
然しだがみんな早まってはいけない
この地球は神が創り給うたもの
人類は神の分生命《わけいのち》

今現われている地獄の様相は
過去に於て神のみ心を離れていた想念行為の消えてゆく姿であって
今つくっている地獄絵ではない

人々はその真理を知らなければいけない
今こそ改めて真の人類の出発がある
神の子であり愛と調和の心の持ち主である人類の生命が
神のみ心をこの世に現わす為の世界平和の祈りを柱に
輝きわたって生きる時だということを
不幸や不調和や様々の誤ちは
今現われて消えてしまうところなのだ
あなたも貴女《あなた》も君たちも
自《みず》からの地球を救う為の

雄々しい勇気をもって
今から愛と調和と光明の世界を
つくり出してゆくのだと
堅い決意で起ち上ってくれ給え
天は自らを助けるものを助けるのだ
神の子の人間が何んで自《みずか》らを完成させずにおくだろうか
神の子の誇りをもって人々よ　今こそ高々と地球世界の歩みを運ぼう

# 善人よ強かれ

世界中に良い人が多勢いながら
悪い行の人々が常に幅をきかせ
戦争をしたくない人が一杯なのに
世界は大戦争の危機をいつもはらみつづける
こんな不合理な話はないのだけれど
事実は少数の悪に多勢の善が追いまくられる
こうした人類の狂いを直さないで
何んで世界が平和になることができようか

善人というのは人に悪をなさぬというだけではない
自分の生活だけを守ろうとする
心の弱い善人たちが
いくら多勢集ったところで
強力な少数の悪人の迫力に敵するものではない
真《まこと》の善人とは
人間の本心開発の為に
天の理想を地に現わすために
人類の完全平和達成のために
少しでも積極的に働きかけている人のことをいうのだ

国が焼けつくして
地球が燃えつくして

一体人間はどこへ遁げようとするのか
善人たちが勇気を出さないでいて
地球の危機が救われるとでもいうのか
善人たちが分れ分れの心でいてはいけない
一つ目的に心を合わせてこそ
誤まれる人々を浄める力が現われる
悪党に世界を渡してはいけない
善人が天と直通して
大光明力を発揮しなくては
地球世界を救うことはできない
世界平和の祈りは
そうした心から生れでた祈りだ
悪は人間の本来性ではないのに

善人は悪を恐れ
悪の前に自己の前進を止める
そういう想いはすべて消えてゆく姿
世界平和の祈りの中で
神の大光明の中で
善人は逞《たく》ましく生れかわり
地球世界を浄めさり
真実の理想世界を現わさなくてはならない

善人よ
心正しき人々よ
神のみ心に結集して
さあ　天と地をつなぐ光の柱となろう

# 地上天国の創生

地球世界をこのままにしておいてよいのか
日本をこのままにしておいてよいのか
輪廻《りんね》の歴史が大きく地球を崩そうとしている今なのに
一人のキリストを待っていてはいけない
イエスの再臨を待っていてはいけない
あなた方の一人一人がキリストになって
この世界を守り通さなくてはいけない
地球が崩れかかっている音が
あなた方には聞えないのか

日本を救い地球を救うのは
一人の偉人でも聖人でもない
地球を救うのは一人一人のあなた方なのだ
聖者賢者はただその中心者として指揮をとる
何もむずかしいことではない
あなた方の想いを宇宙の法則に合わせること
ただそれだけで地球の崩壊は救われる
いかに世界中が正義という旗印の
平和という軍旗をかかげていようとも
お互いが戦争の方向に歩みをむけているようでは神のみ心に合うわけがない
私たちは争い心を消えてゆく姿として
戦争という方向とは全く無縁の

世界平和の祈りという
宇宙大法則に合わせた大調和の道を
ただひたすらに進みつづけているのだ

国防という名の武力の時代はもう過去の歴史
守るも攻めるも武器をもつことにかわりはなく
戦争の道であることにかわりはない
これからの世界は武力のいらない世界
国を守る力は純粋そのものの平和の心
真実地球を傷つけたくない徹底した愛の心
その心以外にもう地球を救う手だてはない
人類進化は争いの心を捨てることによって大なる飛躍を遂げる
平和の大科学は宇宙大法則に基づいた叡智によって生れる

その誕生こそ地上天国創生の礎石ともなる
北風が外套をぬがせるのではない
太陽の愛がすべての心を開かせるのだ

# 大調和の世界

すべての光が調和している
すべての人々が調和している
ありとしあらゆる物事が調和している
そういう世界がこの広い宇宙のどこかの星にあるという
その星の人たちは男女ともに美しく
三百才でも二十才の若さを保っているという

そういう真偽は別として
私たちの地球世界にも

それに近い未来が来ないとは誰れもいえない
人々はお互いに信じ合い愛し合い
国と国との争いもなく
みんなの心が豊かに美しく
いつもすこやかで物質を奪い合うこともない
それが理想の世界であっても
誰れもがそういう世界を欲っしている
欲っしていながら現実世界では
争い合い奪い合いいいがみ合う
貧と病と不調和の累積《るいせき》
欲っしている世界が仲々来ないで
欲っしない世界がいつも眼前にある
こんな面妖な事態はどうして起る

美しい大調和の世界の実現は
一体どういう道から生れてくる
それは本心の欲っする道を
ただひたすらに進むこと
貧も病も争いも
すべての不調和な出来事を
本心の前を通りすぎてゆく影として
消えてゆく姿として
世界平和の祈りの中に投げ入れて
すべては守護の神霊に任せきる
愛と感謝の光明一筋

そんな生き方をすべての人々がしてくれたら
世界は忽ち明るくなって
理想の世界の扉が開く
私の道はそうした道
天の理想と地の現実を
一つにつなぐ光の柱
その光の柱の中に私のエスカレーターがある
どうぞ気楽にお乗り下さい
どこかの星にあるような
大調和世界が光の柱の頂上に開けているのです

# 生命の叫び

どうしてこんなに
みんなが叫びたがっているのだろう
地球上のあらゆる部門から
何かの圧力をはねのけるように
様々な叫び声が聞えてくる
それは自由を欲する生命の叫びだ

人と人と
国と国と民族と民族と

お互いの生命《いのち》は
すっきりと結びつき合いたくて
求め合っているのだ
一体誰れがその間を阻げているのか

天地を貫いてひびきわたっている愛の光を
こんなに曇らせているのは一体何者なのだ
それは業《カルマ》の黒雲
神を離れた人類の闇黒波動
釈尊がイエスがそして古《いにしえ》からの聖者たちが
守りつづけてきた地球世界の光明圏
そこだけにある自由な生命の流れ
世界平和の祈りはそういうところから生れた

業想念の黒雲がどのように厚かろうとも
天地をつなぐ光の柱は
世界平和の祈り言につれて
次第にその光明圏を拡大してゆく

みんなの叫びが聞えてくる
生命の自由を欲っする叫び声が
天使たちは大きな光の翼をひろげて
その叫び声をしっかりと受け止めている
救世の光明の柱はいよいよ太くたくましくなり
天使たちと手を取り合い
誰れにも彼にも生命の自由を与えようとしている

世界人類が平和でありますように
あらゆる生命の叫び声が
やがてこの一行の祈り言に結びついて
地球はすっかり光明圏になってゆくのだ
生命の光は柔かくそして逞ましく
明るく清らかに
地球を宇宙の重要な平和境にしてゆくのだ

# 宇宙天使の声

天日《じっ》の慈悲に生かされ
地球霊王の献身に支えられながら
天地の理法にそむき
宇宙の運行に逆らう
愚かなる人間共
心を合わせ手を取り合って進化すべき国と国とが
殺し合い騙し合う神への冒瀆《ぼうとく》
兄弟姉妹である本来の愛の心を忘れはてしか

目ざめいる人々よ
天地の調和に生きる人々よ
人類愛の心を結集させよ
世界平和の祈りを中心に
盲《めし》いたる人々国々の生き方を正し
天と地をつなぐ光明の柱となれ
愛と勇気もて日々を励め
我ら常に汝らの背後にありて
汝らの働きを強力に助けん
地球世界を光のひゞきにて充たさん

# VI

# 宇宙科学

大愛大慈の大神のみ心
今や全く現われ
宇宙天使と私たちの手を
しっかと一つに握らせて
昨日も今日も私たちに絵筆を取らせる
地球科学をはるかに超えた
微妙微細の波動絵図

宇宙が全く一つなのに

地球世界の分裂分離
一つの体を引き裂き引きちぎり
ついには跡形も無くしてしまおうとする
暗黒波動の魔の手に乗って
叫び踊る両大国
地球科学は戦いの奴隷なのか
ああ何と云う愚かしき国々
一体誰れがこの世を救うのか

宇宙科学の大絵図面の
その中心にどっかと坐り
私は世界平和の祈りをする
大生命の根源を生かす力をそのまま写した大絵図面

その絵図面から放射する
業《カルマ》を祓う大光明
地球世界の業想念を
光明波動にすっかり変える
世紀の大偉業が今ここにはじまっている
はじまっている
はじまっている

# 素粒子の世界で

――素粒子とは陽子や中性子や電子や中間子のこと――

素粒子の世界で
素粒子たちのささやきが聞える

僕たちは微妙な存在
広い宇宙と微少な僕たち
地球世界の人間たちは
鋭い智慧で僕たちの存在をつきとめ
まだまだ先へ進もうとする
僕たちの仲間は次第に数多く発見されたが

大宇宙の奥は極みなく深く
果しなく広い
素粒子と云われる微少な僕たちよりも
もっともっと極微な存在が
僕たちの先輩として宇宙の奥で活《い》きている
その名は宇宙子
僕たちはその宇宙子の孫の孫
叡智の泉の大生命の
大能力の指揮のままに
宇宙子群の縦横の
十字交叉の大はたらきに
霊妙妙妙不可思議の
大宇宙の扉がはっきりと開かれ

地球世界の今日が生れた
宇宙子　微粒子　電磁波　光波
鉱物　植物　動物　人間
この世のあらゆる存在も
この世のあらゆる出来事も
やがて地球の人類が
神のみ心そのままの道をたどり
すっかり解明するだろう

素粒子たちのこもごもに
語り合ってるその声を
私ははっきり聞いていた

# 宇宙子《うちゅうし》

私は宇宙子
波動の最小単位
実質の最小単位
生命の最小単位

私の最小組織はいつも七
私のはたらきは七ではじまって
七の無限倍数までつづく
人類も動物も植物も鉱物も

ありとしあらゆるもの生きとし生けるもの
皆私のはたらきの中で存在する
私は今も宇宙のみ心の中から生れつづけて
天に地に縦に横にあらゆるものを生み育てるためにはたらいている

私は生命そのものであり　精神そのものであり　物質そのものである
私のはたらきは一定の法則にのりながら自由自在千変万化
人類のいう宗教も科学も
私の実体とそのはたらきを知れば自《おのず》から解明されてゆく
私は宇宙の極致数理の極致
それでいて私は宇宙神が大調和そのものであるということ以外何も知ってはいないのだ

# Ⅶ

# 聖ヶ丘

この丘の上で
もうどれだけの人々が
神のみ心に触れ得たことか
周囲をすべて緑でつつまれていた
昔の情趣は次第に消されていったが
本心の開発をそのままに
みはるかす広野は
大地の裸心を　幼児のように露《あら》わに
太陽の光に真向い

谷の向いの森のそよぎは
昔を偲ぶ小鳥たちのコーラスに和している

世界人類が平和でありますように……
この祈り言に結集して
愛と真《まこと》の心を輝かせている私の友たちは
老若男女貴賤貧富《きせんひんぷ》の差はあれど
みんな柔和な想いの持主
お互いに光の手をつなぎ
南に北に東に西に
白光の輪をつくりながら
平和の祈りの高天原
ここ聖ヶ丘に寄り集《つど》う

聖ヶ丘の門は天国の門　この門をくぐり花に囲まれた石段を昇ると
神々の微笑につつまれた透明の柱に吸いこまれる
透明の柱は大救世主の体
救世の大光明の中心体
世界平和の祈りはここから生れ
地球人類救済のドラマチックな大光明波動を
人類すべての心の隅々までひびかせる
世界人類が平和でありますように……

# 全託

全託の道は
光一元の道
無限の愛の輝いている道
大智慧大能力のそなわっている道
大調和交響楽のひゞきわたっている道
無想にしてすべてが整っている道

だがしかし
全託の道の門は狭く

一切の荷物を捨て切らないと通れない
損得利害　高慢卑下慢
あらゆる想いを捨て去った
生れたばかりの赤子のような
裸の心でないと通れない
そんなに狭いむずかしい道を
一体どんな人たちが通れるのか
一体誰が通るのか
通れる道が一つある
それは祈り一筋の道
神仏へつながる感謝の道
世界人類の平和を祈りつづける道だ

祈って全託して
人類は大きな進化を完成してゆくのである

# み心のまま

み心のままにという生き方のむずかしさを
はっきり知りはじめると
宗教者の道も大分開けてくる
み心のままが何んでもなくできそうに思っている人程
み心の外を歩いていることが多いのだ
み心のままにができなくて
その自分が情けなくて
神様にお詫びしながら
ひたむきにみ心のままを歩もうとする

そういう人は心も体も光っている

み心のままは
自然法爾《じねんほうに》の道
神様の光が照り輝いている道
肉体の自分が本体の自分と全く一つになっていて
そのままの動きが人の為にも自分の為にもなっている
み心のままに　を行じていると
何も可にもの把われが無くなり
何も可にもが有難く
瞬々刻々が尊くて
心がいつも調和している
そんな人に今に誰れもがなれるのだが

そうなるための近道に
私たちは世界平和の祈りを行じている

# 無為

無為の道には
はじめもなければ終りもない
業もなければ因縁もない
しなければならぬも　していけないもない
うつるものはうつるにまかせ
消えゆくものは消えるにまかせ
それでいて大調和のひびきを奏《かな》でつづける
無為の道は老子の開いた道
極《きわ》みなく深く計り知れなく高い無限の広がりの

創造の大智慧大能力に真直ぐに融け入り
大宇宙の道をそのまま自《みずか》らの道としている
無為の人　老子
平和世界実現のさきがけは
無為の道から生れ
老子の放つ大光明は
我等の心を照しつづける

○

老子の道は無為より生れでた道
無為の奥にある道は無限に広く深く
無為から生れでた道も無限につづく

老子の心は天地を貫いて輝き
今も地球世界を照しつづける
老子は飄々孤として道を説き
自由自在身そのままを生きる
老子の道には消極もなければ積極もない
大宇宙神のみ心が自《おの》ずと体から溢れて言葉となり行為となる
この道を無為という
無為の道は宇宙法則そのままの道
生命あるところすべて大調和なさしめる光明の道なのだ

# 峻厳なる愛

凛烈肌を刺す寒風のような
老子の一喝がなかったら
私は一介の行者でしかなかった
私は慈愛の使徒ではあったが
峻厳なる愛の深い温かさを自己のものとはしていなかった
愛は温かいが時には厳しくむちうつもの
だが私は人をむちうつ愛を嫌った
愛は優しく温かく
人の心をうるおすもの

私の道はそうした温和な愛と赦しの道であった
愛と赦しの祈りの道が
世界平和の祈りの道と
全く一つになりながら
人々の心を昇華させていったが
愛と赦しの道を妨げる
業《カルマ》波動を打ち砕く
強い力が望まれた

或る日私は変貌した
救世の大光明の中から
イエスが釈迦が
そして老子の一喝が

私の心に峻厳なる愛を呼び起こさせた

木枯吹きすさぶ厳冬の
深い蒼穹のように
消え去るものはすべて消えさらしめた今日此の頃
峻厳なる愛の心が
私の中に澄みわたってひろがっている

# 富士山頂の大神業《おおかみわざ》

世界の神々富士山頂に神集《つど》い
地球にまつわるすべての業《カルマ》を浄む
古《いにしえ》のその古《いにしえ》ゆ
すでに定まりし今日の日の大神業《かみわざ》
我が娘《こ》にして我が娘《こ》ならぬ
天《あめ》の使姫《つかいひめ》を中心に
日頃より魂浄《たまきよ》めなせる同心四十五人
若きは十余才年古りしは七十余
同志すべて神々の浄めの器《うつわ》

その指揮をとる天の使姫
装備凛々《り》しく神富士《かむふじ》山頂を目指す
我れは他山の頂《いただき》に応援の祈りをなし
大神業成就の大光明を放つ

地球の汚《よごれ》はや極限に至り
崩壊寸前の姿にして
大宇宙運行の障礙《しょうげ》ともなれり
この日の来ること
国造りのはじめより知れる神々
宇宙大神の経綸《けいりん》の一幕なる
地球大浄化の神器として
天より我が娘を降す

麓には麓の神
頂上には頂上の神
襲い来り湧き来る業《カルマ》の波を
神器にひきよせては浄め去るまる二日
あな尊と宇宙の神々
救世の大光明神
その生命ささげむ覚悟に
業の波を踏破する
健気なり天の使姫神器の人々
遂にして富士山頂光明遍照
宇宙大神のみ姿を拝し
諸神善霊の祝詞を受くる
あな嬉し　喜ばし

浄めのみ力全山に及び
大神業こゝに達成せらる
昭和四拾七年七月廿八日の朝なりき

# 大和神富士《やまとかむふじ》

今まで雨雲につゝまれて
五米先も見えなかったという裾野に私が立つと
まるで奇蹟のように
にわかに雲が消えはじめ
富士の全貌がくっきりと五月の空に浮び上がった
やがて多くの年月を世界平和運動をくりひろげることになるこの裾野辺で
こうして真近に富士の偉容をみていると
私の心に日本の古代が生々《いきいき》と画き出されてくる
日本の歴史の美しさ尊とさが

富士の姿を通してひゞきわたってくる
大和日本の真の姿を世界中に知らせねばならぬ天命を
富士の神々から伝えられていた二十数年前のことが想い出される

山々は神霊の住むところ
まして神富士は大自然そのままの姿
真夏の今朝富士に登った娘から
役の行者を中心に諸神諸霊と宇宙の人が
私たちの祈りに応《こた》えて祝福を送ってくれたという話があり
富士と日本の使命のことを
噛みしめるように想ってみた

神富士に日は昇りきぬ祈り人大きいのちに融けて立ちおり

# 小さな魂《たま》　大きな魂《たま》

小さい魂《たま》には小さい波動圏《けん》があり
大きい魂《たま》には大きな波動圏《けん》があって
それぞれの運命をつくり出す
小さい魂《たま》は国家や人類の運命にまでその想念は及ばないが
大きな魂《たま》は人類や国家の運命を想わずにはいられない
小さな家庭のごたごただけで一生を送ってゆく人も
大きく人類の運命に関与してゆく人も
神の子人間であることにはかわりがない
だが　神の子の実体を現わしている人は

国家や人類の運命を気にかけずにはいられない
身を挺してでもその為に働きたくなる
神のみ心をこの世に成就させることが
この人たちの天の命
自分自身や家庭のことはすべて後廻しにするが
神々はその人たちの為に家庭の守りはしっかりとして下さる
神々はそうした大きな魂《たま》とのつながりを大事になさりながら
小さな魂《たま》のことも忘れてはいなさらぬ
小さな魂《たま》の小さな波動圏の中で
神々の世界平和の祈りが宣布された
小さな魂は小さいなりに神々の慈愛の祈りの中で
自己の白光の実体を次第に知りはじめ
世界平和の祈りの実践が深くなるにつれてその働きの波動圏が広がり

大菩薩たちと同じような光明波動を
地球から宇宙全域にひゞきわたらせることができるようになった

小さな魂《たま》も大きな魂《たま》も
今はもう全く一つになって
世界平和の祈りの白光波動を
世界中にひゞかせているのである

# 心を清浄に

——祈りの平和行進によせて——

空気が汚れているというだけではない
河川や海が濁っているというだけでもない
地球にとって一番大事な人間という存在者の
この心の厚い汚れはどうだ
個人個人の虚栄心　国と国との権力欲
欲望に蔽われた愛の心
公害も戦争も天変地変もみんなこんな心から生れる
清浄極まりない天地の真心を
汚《よご》しに汚《よご》し穢《けが》しに穢《けが》して

恬《てん》として恥じない人間集団の業《カルマ》よ
こんな汚濁《おだく》に充ちた人間像が
主義だ主張だと叫び廻る面妖《おかし》さ
主義も主張もイデオロギーも
単なる業《カルマ》の変化に過ぎない
そんなことで人類の心を浄めることはできない

人類の心を浄め
天地を清浄に帰《か》えすのは
真心一途《まごころいちず》の平和の祈りにある
世界人類が平和でありますように!
神のみ心にひびきを合わせ
この一言に万感の祈りを籠めて

私たちの人類愛の行進はつづくのだ

# あとがき

この詩集は五井先生の還暦をお祝いする意図で出版したものである。絶版になって久しかったが、読者の熱心なる要望によって、五井先生ご降誕百年の年に装いを新たにして再び世に出ることになった。

この詩集には昭和三十七年十一月から昭和五十一年にかけて、白光誌に発表された詩のうち、六十篇、つまり五井先生の少年時代より今日までをふりかえられるもの、自然の生命《いのち》を透明にうたいあげたもの、身辺を明るく暖かくうたった詩、その他、神と人間の在り方や、人間の生き方を力強く教えて下さる詩などが収録されている。

詩というものは己の心の真実のひびきが精錬された言葉にのって、最も素のままの姿で打ち出されたものであると思う。

先生の詩は目読ばかりでなく、声に出して朗読して頂きたい。そうすると先生の心のひびきが自ずと感得されるものである。

## 私たちの考え

私たちは、人間とその生き方については次のように考え、実行しております。

『人間の真実の姿は、業生《ごうしょう》ではなく、神の分け命（分霊《わけみたま》）であって、つねに祖先の悟った霊である守護霊と、守護神（大天使）によって守られているものである。

この世の中のすべての苦悩は、人間の過去世から現在に至る誤った想念が、その運命と現われて消えてゆく時に起る姿である。

いかなる苦悩といえど、現われれば必ず消えるものであるから、消え去るのであるという強い信念と今からよくなるのであるという善念を起し、どんな困難の中にあっても、自分を赦し、人を赦し、自分を愛し、人を愛す、愛と真と赦しの言行をなしつづけてゆくとともに、守護霊、守護神への感謝の心をつねに想い、世界平和の祈りを祈りつづけてゆけば、個人も人類も真の救いを体得できるものである』

《世界平和の祈り》

世界人類が平和でありますように
日本が平和でありますように
私たちの天命が完うされますように
守護霊様有難うございます
守護神様有難うございます

**著者紹介：五井昌久**（ごいまさひさ）
大正５年東京に生まれる。昭和24年神我一体を経験し、覚者となる。白光真宏会を主宰。祈りによる世界平和運動を提唱して、国内国外に共鳴者多数。昭和55年８月帰神（逝去）さる。著書に『神と人間』『天と地をつなぐ者』『小説阿難』『老子講義』『聖書講義』『霊性の開発』等多数。

**発行所案内：**白光（びゃっこう）とは純潔無礙なる澄み清まった光、人間の高い境地から発する光をいう。白光真宏会出版本部は、この白光を自己のものとして働く菩薩心そのものの人間を育てるための出版物を世に送ることをその使命としている。この使命達成の一助として月刊誌『白光』を発行している。

**白光真宏会出版本部ホームページ**　http://www.byakkopress.ne.jp/

**白光真宏会ホームページ**　http://www.byakko.or.jp/


五井昌久詩集　**純　白**　定価はカバーに表示してあります。

昭和五十二年五月二十日　初　版
平成二十八年三月二十五日　新装初版

著　者　五　井　昌　久
発行者　吉　川　譲
発行所　白光真宏会出版本部
〒418-0102　静岡県富士宮市人穴八一二—一
電　話　〇五四四（二九）五一〇九
ＦＡＸ　〇五四四（二九）五一一二
振替　〇〇一二〇・六・一五一三四八
東京出張所
〒101-0064　東京都千代田区猿楽町二—一—一六
下平ビル四〇一
電　話　〇三（五二八三）五七九八
ＦＡＸ　〇三（五二八三）五七九九
印刷所　株式会社　明　徳





ISBN978-4-89214-212-3 C0092

## 五井昌久著

**神と人間**
本体一三〇〇円＋税　〒250
文庫判本体四〇〇円＋税　〒160

われわれ人間の背後にあって、昼となく夜となく、運命の修正に尽力している守護霊守護神の存在を明確に打ち出し、霊と魂魄、人間の生前死後、因縁因果を超える法等を詳説した安心立命への道しるべ。

**悠々とした生き方**
——青空のような心で生きる秘訣
本体一六〇〇円＋税　〒250

自分を責めず、人を責めず、自分を縛らず、人を縛らず、人生を明るく、大らかに、悠々と生きて、しかもそれが人のためにもなっている……本書にはそういう生き方が出来る秘訣が収められている。

**我を極める**
——新しい人生観の発見
本体一六〇〇円＋税　〒250

人間はいかに生きるべきか。我を極めた先にあるのは、個人と人類が一体となる世界平和成就の道だった——。「世界平和の祈り」の提唱者・五井昌久が語る宗教観、人間観。

詩集　**ひびき**
本体一四〇〇円＋税　〒250

宗教精神そのもので高らかにうたいあげた格調ある自由詩と短歌を収録。一読、心が洗われる。

歌集　**夜《よ》半《わ》の祈り**
本体一八〇〇円＋税　〒250

祈りによる世界平和運動を提唱した著者が、天地自然の美を最も単純化した表現で詠む。各歌の底にひびきわたる生命の本源のひびきが現代人の心に真の情緒を呼び覚ます。晩年に発表した作品を中心に三三〇首を収録。

※定価は消費税が加算されます。